わたくしたちの　列車

高平よしあき

思潮社

わたくしたちの　列車

高平よしあき

思潮社

目次

あやしい季節

再生工房

隙間のうた

旅の季節

わたくしたちの　列車

装幀＝尾関裕隆

わたくしたちの　列車

あやしい季節

陽だまり

三月過ぎの　寒さは　別格だ
陽だまりを　さがして

モノクロの　小津映画　のように
からだも　表情も　動かないで
ただ　じっと　耐えて

いつか　ずっと昔から

かすかに　ほてっている
ほだ火に　手をかざして

陽だまりを
さがし続けている

春は
どのあたりまで
来ているのだろう

春がきたらしい　一

空の上のほうの
重いものがどっかへすっとんで
宇宙のずっとあちらまで
透けて見えそうで
青空って　そんなもの

ブオンと
途方もないところから

あったかい空気が誰かといっしょにやってきて
ものみなの上っ面を
ぴよっと撫でていって
えっと　振り返ったとき
もうあっちのほうで
プオン　プウオン

もう来ちゃったの
なんか早いね
ボーッと
立っているしかないのです

春がきたらしい 二

あっ
いぬが　垣根越しに　こっちを見ている
うぐいすに似た鳥が庭の樹にとまった
え　え　鉛筆とスケッチブック　いやカメラだ
おやおや　飛んでいっちゃった

犬が笑ってる
春がきたんだね

新聞もテレビも
あちこちでの戦争をがなり立てている
殺し合いだろ
みんな　正義だろ
仕方がないのだろう
そうか　な

このケーキ　安くて美味しいよね
コーヒーの香りも　上等だね

そこらじゅうに　陽がさしてる
暗闇は見ないようにしよう
それが　春　なのかも　ね

四月

だまったまま　ひっそりと
半開きの竪穴に　座り込んで
楕円形の宇宙をみている
人々が　叫びながら駆け回っている
「ベクレル　ベクレル」と聞こえる

そのうち　白い髭の
神様の服を着た　老人がやってきて
「そろそろだな」と言ったら

「はい」と言って　のろのろと動き出す

穴を広げてもいいし
そこらじゅうを掘り返してもいい
わけのわからない種をまいてもいい

誰かが「ビルを建てますから」と
山に火をつけに来たとき
「バカヤロウ　いい加減にしろ」と
追いかけ回してもいい

でも今は　黙ったまま
誰も知らない穴に
座り込んでいる

菜の花

無性に　土が好きになった

えっ　そんなに急がなくても

ちがう　ちがう
そこは　私の保養所
じっと息をひそめて　待っているんだよ

温暖前線が通過して
そこらじゅう　涙でいっぱいになったら
みんないっせいに　弾けるんだよね

私の小さな菜園に
菜の花が咲いた
夜の月がそこにだけ映えた

酒瓶の栓を開けると
麴の匂いがした
新しい　かほり　だった

五月《さつき》晴れ

あおぞら
どこまでも　あおぞら
すきとおって　すきとおって

銀河系やアンドロメダ
知らない天体たちが　ぐっと近づいて
手にとるように

でも　そんなこと　どうでもいいか

とりとめのない
ひとり旅に出るために

とりあえず
なにやら　かにやら
だしたり　いれたり
こわしたり　つくったり
している

予感の梅雨

このところずっと　厚い雲が上空を動かない
どこかで　強い雨が降りつづいたとみえて
私の潤いの谷が　深く抉れた

河は次第に増水し　どこからともなく
黒い軍団が侵入してくる

私の白い兵隊が銃を撃ちつづけているが

次々に湧いてくる黒い軍団に
参りかけている
「僕は精神科医に　殺されそうになった」
若い男が走り回りながら　叫んでいる
「私の男たち　みんなどうしようもないのよ」
ミニスカートの女が呟きながら座り込んでいる
明日はもっと水が増え
黒い軍団に圧迫されつづけ
雨は　どしどし　降りつづき
雨は　ざんざん　降りつづき

とび散った八月

世界中　みんないらいらしてて
ボタンを　押したがっている
あちこちで　爆発が起こり
燃え続けているのに

八月がやってくる
あんな激しさは　もういらないよ
と　みんな思っているのだが

どうしてだか　さっきから　変なボタンがひとつ
気にしないように　触らないように
後ずさりした途端に　押してしまった
そこらじゅうが　みんなとび散り
すぐそばまできていた　八月も
一年先まで　飛んでいった

私は　慌てまくって　駆け回ったが
なにをしたのか
なんにも　覚えていない

粉々になった八月の後は
夕日になっていて

「秋になったのですね　あのひとはもう来ないのでしょうか」
と　女がひとり　呟いている

秋の夜長

普通に回転していても
誰も　遠心力で飛ばされたりしないのに
地球の回り方がなんだか遅くなってきた

海は　飽きもせずに
シュルシュル　ドボーン　と
呟きつづけていて

株は大暴落しているし

宝くじは　なんにも当たらないし
どうしてかな　と　海に聞いてみたが
シュルシュル　ドボーン

昼間に描いていた裸婦の油絵
バック描こうとしてキャンバス立てたら
もう疲れたからって　すっと　絵から出て
何処かへ行ってしまったから
白いキャンバスじっと見ていた

眠れないいんだけど　と　海に言ってみたら

シュルシュル　ドボーン
シュルシュル　ドボーン

死体置場

雪がどっさり降ってきて
そこいら中の音が吸い取られて　いい気分
と　ほっと空を見上げたら
ドサッと何かが庭に放り込まれた
真っ白い　自分にそっくりの死体　だった

この春　飾り付けして　肩たたいて送り出した
飾り花は色あせ　ぼろぼろになって

表情壊れて　ひっそりと
（いつものように電車の座席で　今日の勉強会に出す詩を大きな文字で
そこまで書くと　隣席の女子高生が　ぎょっとした感じで身を縮めた
説明するのも変だし　続けて書いた）

何とかしなければ　と思ったが　ただ悲しくて
ふらっと外に出て　大雪の中を何とか動いている電車に
飛び乗ってきた

（その女子高生は　私の方をじっと見ていたが　黙ってすっと後ろのド
アーの方に行きこっちを窺っている）
（いつも選ばれないで捨てられている私の投稿詩のことを書く心算がこ
れで躓いた）

やがて死体は雪と混ざり合っていく
春になって　何もかも溶けていくから
それまでいろいろ　考えておくから

薄日

冬日が奥まで射し込んでいる
年取った男が一人
足の爪を　切っている
念入りに　切っている
不器用に　切っている

もうそろそろ
娘たちが子供たちを連れて

どさどさとやってくる
そう　思い込んでいる
毎日　ずっと
そう　想っている

海が近くまでせり上がって
眩しいぐらい　光っている

再生工房

ぽんかん

ふるさとからの小包
ぽんかんひと箱
雪の朝

喧嘩別れした　ひとつ違いの
たったひとりの妹　チエからの
たどたどしい送り状

「にいちゃん　いままで　わがままばかりいって
ごめんね　ほんとのきょうだいじゃなかったの
きのう血液型でわかったの　やっぱり
にいちゃんの好きな　ぽんかん送るから
ひとつだけ　おねがい
わたしの　父さんさがしてね」

今までの家族の歴史がみんな歪んだ
母さんは　何も言わないで亡くなっていたし
ぽんかんは　酸っぱかった

小学校三年生　高熱で寝ていたとき
枕元に　ぽんかん一個　母が置いてくれた
家は貧乏で　ぽんかんは　高かったから

チエが隣の部屋からじっと見ていた
「半分食べていいよ」
チエはすっと来てシャクシャク剥いてパクパク食べて
「おいしい」と呟いた
あとの半分をゆっくり食べたっけ

そういえば　私が海軍に行く前日　しんみりと母が言った
チエがおなかにいるとき　お前を抱いて線路の脇に立った
汽車が近づいてきた　抱きしめてお前を見た
お前がニコッと笑ったの
だから母さんは飛び込めなくなった

もうひとつ　小六の頃　両親は働いて夜遅かった　母に愚痴った

チエは　女の子だから　家事を仕込んでよ　僕が全部やってるんだよ
すると母はきっとなって怒った顔で言った
チエは　お前なんかと違って賤民の子じゃない
訳が分からなくて　狂ったんじゃないのかと心配したが
そのときだけで　いつもの優しい母さんだった
そのことは考えないように今まで生きてきた

だが　チエの手紙で　みえてきた
何かが　全部繋がった
いっぽん　いっぽん　糸を手繰った
私が生まれたばかり　母が出会った事件

「時間が経ち過ぎました　それに戦災でみんな消失して
その方の資料は何もないのです」

糸の先はみんな切れて　何も証明できなくなったから
切れ切れの　薄い変色した
ただの奇妙な推理小説になってしまった

チエが亡くなったという　報せがきて
ふるさとに帰って　チエの傍で通夜をした
そして　みんな終わりにした

あの頃の家族
ひとりになった
故郷発の　完熟の大きなぽんかん
三個
仏壇に供えた

ぽんかん
ぽんかん
ぽっかん

空がこんなに青いなんて

ででん　でん

小さな街の古い家　二階北側の四畳半
昭和の初めの風にのって　幼児の口太鼓が聞こえる
デデンデン　デデンガデン

かあちゃんは　いつも忙しそうに
一階の食堂でずっと働いていて
風が吹いても　地震がきても
だあれも　来てくれないから

でんでん太鼓と積木三個
汽車になったり　人形になったり
デデンデン　デデンガデン

二階から落ちると危ないから長い紐で繋がれていた
デデンガデン

現代《いま》だと愛着障害といわれるだろう
咳とか蕁麻疹とかよく出たろう　胃腸障害　発熱
夜尿　下痢便秘　指しゃぶりなど　頻繁にあったろう
集団　学校苦手で　遅刻　不登校多かったろう

八〇年程過ぎて　その子は
大都市のはずれの街　二階北側の四畳半

ぼーっとビル街　見ていた

太陽が　どっか遠くへ　出かけたので
何もしないでいいんだって
下手に動くとロクなことはないんだって
だから　一応　みんな　死んだふりをした

男は　宝物のタイコをそっと　出してみる
よくまあ　誰にも見つからなかったなあ
さすが昔のものはいい
デデンデン　デデンガデン

凍った空気の割れ目ができて夜の宇宙が見えてくる
デデンデン　デデンガデン

デデンガデン　デデンガデン
（それっ　それ　それ　それっ）
ドドーン　バカーン　ドカドカ　バーン
ドカドカドカドカ　ジャジャジャジャン　バカーン

「うるせー　ばかやろう　なんだこの騒動は
いったい何様だと思ってるんだ今頃になって」
みんなの冬眠が一度に覚めて怒鳴りだした
空気のガラスが粉々に砕けた　バシッ
タイコの皮もズタズタに裂けてしまった

暗闇の中に宇宙がよく見えます
そして　これからが　本当の　冬眠になるのかも
だけどね　音は小さくても　破れ太鼓

変な音色でも　ボリュウム下げてでも
デデンデン　デデンガデン

手術台にて

朝から手術着に着替えて　待ちくたびれて　夕方
半分寝ているところに　運搬車が来た
膀胱がんの手術だ
広々とした空洞の中に　白装束の人間が三人
それぞれが手に何か持って待ち構えていた
腹部の真ん中にカーテンが下ろされた

麻酔医のなんとかです　半身麻酔です

背中が少しチクリとします　だんだん熱くなります
それから何にも感じられなくなります

下半身が外されたみたい
少し離れたところで　女医さんらしい人が
コンピューター見ながら何本ものパイプを
入れたり　出したりしている

あの下半身は　とても迷惑なやつだった
「ついでだから　取り換えられませんかね」
そばにいた男が応じた
「交換ですか　そういう方が結構いらっしゃいますよ」
若い背広の男がパソコン持ってすぐに来た
「毎度有難う御座います　カタログです　ご希望は

スタイルですか　カラーですか　それとも機能ですか」
「それは機能ですよ」
「じゃー馬力の強いのにしますか」
「いやー馬力よりも燃費だね」
「お客さんズバリです　今ならいい出物がありますよ」
「で　もしかして　わたしの　下取りになりますか」
「はい　で何年物でしたっけ　あっ　結構年代もののようですけど
それはそれで　値打ちがありまして　大事にお使いのようですから」

そのとき突然　ライトが明るくなった
「終わりましたよ　成功です」
弾んだソプラノで　カーテンが開いた
女優さんみたいな　若い女医さん
「これが　膀胱がんです　全部取りました」

ガラスの瓶にイカの皮みたいな白と黒の　ヒラヒラ
どこも切らないで内臓手術なんて　凄い
コンピューター男は消えている
ガシャン
下半身が繋がったのかな
恐る恐る触って　驚いた
元からあるはずの脚の下に
見覚えのない冷たい脚が　真っ直ぐに二本付いている
合計四本になってるみたい
あのコンピューター男　慌てて下取りしないで逃げちゃったんだ
身元の分からない変な　あし　余分に貰ってどうする

「先生　あし　が四本あるみたい」
「ええっ　ああ　うん　それは麻酔のせいです　脳が手術前の脚を覚え

ているのよ　三時間したら麻酔は消えます　脚は二本です」

マスイ　か
運搬車が動き始めた
とても幸せな感じに浸って

再生工房

ワケノワカラナイ　モノ
ドウニモナラナイ　モノ
何とかならないかなあ
小さな　小さな　工房です

コツは　分析しないこと
最後は　少しの気体と水と
ほんの些細な金属だけになるのが

わかってるから

コツは　抱きしめて　暖める
ソレシカナイナ
ひとりで　なんとか　動き出し
ひとりで　どこかへ　いっちまう
ソレデイイノ　デス

それでも　どうにもならないときは
美しく優しくて　とても強い「夕焼け」に
エネルギーを貰いに行くか
でもちょっと　気まぐれだから
近くにいる「黄昏」を探して一緒にたそがれて
あしたを　祈っていくんだよ

いのって　いのって　いくんだよね
ソレシカナイ　シ
ソレデイイノ　デス

隙間のうた

ヒップ

あの曲線は
どんな方程式で　あらわせる
のだろうか

わりと鈍感な場所なのに
変な妄想を発酵させる力があるので
中心部にありながら　何となく
うとんじられている

だが本当は　過去からの連環
命の繋がりを　しっかり守ってくれる
ゆったりとした
かたまり

「カアサン」

抱きついていると　いつの間にか
探検家になっていて
どうしようもない怪獣をやっつけに
大海原に
出かけていくんだ

空白区

気圧が急に落ちたらしい
万物が一斉に膨れ上がって
フカフカになってきた

圧力と膨張係数
それぞれ違うから
関連して起こる振動

クライエントのすすり泣き
地雷の爆発音
くじらの呻き
多重人格　変化時の摩擦音
幽霊お出ましの効果音

わたしは　長四角の部屋で
くつろいでいる　つもりだが
こころ　という物質が
やたらに膨張しそうなので
ちょっと　やばいかな
やっぱり　普通の生活　というところに戻ってみよう
と　気だるい　ホットケーキ
袋に印刷された　レシピ　見て

つくって
食べた

砂の海

夕映えの　美しい　海だと思ったが
どこまでも　続く　砂の海
グレイの帽子をかぶった
男がいっぴき　死んでいて
そばに　鍋が一つ

雨季を想って　うきうきしてみたが
いつまでも　続く　乾いた風

だから　男は　仕方なしに
ずっと　死に続けていて
とんび　が　一羽　空を舞っている

何にも　起こらなくて
あまりに　つまらないのだ　が
男のポケットにあるくしゃくしゃの設計図が
本当は　なんだったのか　誰も知らない

淡い透明の空に　月がでてきて
青いノスタルジアに変化した
衒いも無いボワッとした気体に包まれたので
何時の間にか　みんな
何処かに向かって歩きだした

男も鍋を持って起き上がった
どこまでも　続く　砂の海

ある日曜日

百三十円の　切符買って
オレンジ色の　電車に乗る

太ももの　あらわな娘が
持ち帰りの　ハンバーガーと
コーヒー　持って
プライオリティシートに
壊れかけて　座っている

「孤立無援です」
「厳しいです」と
消えていった　あなたを
探しに

薄日の射している方角に向かって
名前のわからない　ローカル線に
乗り換える

落日

つかれた　夕日が
枯れ枝に　つきささって
しばらく　そのままで　いたが
だまって　ゆっくり　落ちた

むしろ
近くにいた　やさしい雲が
赤くなりながら

巷の　雑音を　呼吸したみたいで
静かだ
とっても

輝いていたときを　どうしても
想い出せなくて

夜になった

旅の季節

旅の季節

小さな駅の　上り線ホームに
空見てボーッと立っていた
ピンクヴァイオレット色の彼岸列車が
下り線ホームから　スーッと
上り東京方面に発車していった
乗客はまばらで　あ　食堂車が付いている

昨夕　七時に近いのに　病室の窓からの光は強かった

暮れから入院したまま　危険ですと　何度も告げられた　妻が
ほっそりと　呼吸《いき》している
来たよと囁くと　急に手を握ってきた
どうしたんだ
一昨日までは虚ろに天井ばかり見てたんだよ
熱が下がったらおうちに帰れるよ　もう少しだよ
手を離さない　泣いてるようだ
　面会時間は終わりました　静かにお帰りください
　機械の声が廊下から侵入する
あしたまた来るから　きっと来るから
指を　いっぽん　いっぽん
はがした

いつの間にか　春が　終わっていて

ふわっと　小さな駅のプラットホームに立っている

旅の季節がきたみたい

朝食

うるめいわしの
唐人干し　いっぴき
ちいさな

貧乏時代みたいに
やたらに　しょっぱくしたから　大変
それでも　白い飯は　いいね
故郷の日向茶を　さっとかけて

炙ったいわし　かじりながら
サブサブと　かっこむ

経机の上の白い箱の反射光
初七日を過ぎた妻の写真

野菜が足りないっていうんだろ
わかってるよ
だから　ほら　あのグリーンの粉
後で　牛乳に溶かして　飲むからさ
お供物の果物も
ひとりでしっかり食べてあげるからさ

ほんのちょっとの　梅雨の晴れ間

飛行機雲が　ひとすじ
流れている

蚊をいっぴき殺した

「心肺停止です　すぐ病院にきてください」
「まだ温かい　生きてる　みたい」
そっと　妻を抱き起こしたのは
六月はじめの　とても穏やかな午前だったが

あれから　夏が　急にきた
あちこちから　助けて　助けて　と信号が

ひっきりなしに　飛んできたのに　なにもできなかった
手紙の束が乗っかっている
白いテーブルをただ　みつめてた

耳元で　ブオン　と鳴った
手で払った
フワッとなにか落ちてきた
足の長い蚊がいっぴき
羽を動かしていたが　そのまま止まった
心肺停止だ　死んだ

「悲しいから泣くのではない　泣くから悲しいのだ」
どこかの心理学者が書いていたが　なにか違うよな
涙がでてきた　声をだした

ボリュウムを上げて　泣いた
温度計が三五度を超えていた

うん　そうだね

夜中に歩行器の音が響いていた　妻の寝室は
使わなくなった介護用品の倉庫になった

ＰＣの妻の項目は　明朝体十六ポイント「介護日誌」の見出しだけ
記入様式をあれこれ考えているうちに　終わりになったんだ
取りあえず　消去した

アルバム　に貼られていない集合写真　大量の

お気に入りだった　安物の　服飾品
纏めてダンボールに詰めたらひと箱で足りた
片付けが進まないまま　ただ　そこにいた
ほとんど使わなかった電動ベッドに腰かけたまま

末娘が来て小声で言った
「そんなことばかりしてたら　病気になるよ」
「うん　そうだね」

夏が終わって　或る日　ベッドの横に掛けてあった
妻の気に入りの赤い服がくしゃくしゃになって　落ちていた
「ねえ　俺は　新しい出発を決めたよ　道は少し曲がったりするけど
まあ　もうちょっといろいろやっていく　つもりだから」

「ウン……ソウダネ」

空が　秋になっていた

わたくしたちの　列車

北斗星四号

「東京は大雪ですが　列車は運行いたします」
札幌発　上野行き「北斗星四号」Ｂ寝台下段
久しぶりの夜行列車　少し浮き浮きしたが

向かいの座席で初老の男が　酒小瓶二本　グビリグビリ
上段は空席　男はちらとこっちを見た
足元の薄汚れた大きなリュック
（やばい　今日はほんとについてない）

これ　わしの全財産やで
あんとき　わしは　横倒しの会社のビルで二日動けんかった
やっと自力で這い出したんや　自力でな

「あっ　あの神戸の　大震災」

そや　十日入院して家帰ったら
何もあらへん　みんな焼けとる
家族七人　みんな焼けとる
自衛隊きて　マスクして　家の跡掘りよる
わしゃ　マスクなんぞせん
何も気にならん　わしの家族やで　わしゃ掘った
掘ったがな　掘ったがな　七人ともなあ

いま　ひとりで　五百円のベッド生活や
これ　わしの全財産やで

今日の昼まで二日間　カウンセリングの研修だった
日常でカウンセリングはしてはいけない
大変な事に巻き込まれるから　と強調されてきた
なのに　なんだこれは（やっぱり　疲れているんだな）
ベッドに座り　カーテンを半分閉める
噴火湾の潮騒も聞こえなくなった

男の話は途切れなく続き
うんうんと　頷いてる自分
研修会では喋りまくったのに
虚しさという重い背後霊を背負ってきた

海峡をくぐるときみんな　捨てていくはずだった
それが何倍にも膨張　何ともならないほどに

木古内を過ぎた
青函トンネルに入ったらしい
空気が渦を巻いて気圧がぐっときた
そのとき突然男は私の目を見て言った
わしの話をこんなにきちんと聞いてくれたのは
あんたが初めてや
深々とお辞儀をした
戸惑った私は　意味の判らない笑みを浮かべて
カーテンをそっと閉めた
ずっと奥の方から　嗚咽の声が流れてきた

私は眼を閉じ　海底からの音を聞きコラボレートしながら
呟いた　誰にも聞こえないように
　人間　みんな　最後は　孤独です
すると　私に取りついていた　なにかが
みんな何処かへ飛んで　消えていった

気が付くと　朝
車窓は　白　白　白　雪　雪　雪　関東平野ど真ん中
北海道では　ほんの少しだったのに　なんで

食堂車で温かいコーヒー飲んで　予定を変更した
終点上野の一つ手前の大宮で降りて武蔵野線で帰ろう
これ以上深入りはいけない　急いで下車した
お先に　とカーテンに囁いたが　ピクリとも動かなかった

ホームは閑散としていた　ほっとした
いつもの黒いバッグからキップの入った財布を出そうとした
えっ　ない　うそ
全部ひっくり返してみたが　どこにもない
やっ　やられた　全身の力が無くなっていく

指が無意識に背広の内ポケットをまさぐる
あっ　ある　あったじゃん　どうして
そういえば食堂車に行くときポケットに入れ替えたんだ
私は　なんちゅうことをしている
どうなっているんだ

大雪の中に黒褐色の線路が東京の方へ続いている

あの列車は　まだ上野には着いてないだろう
誰にともなく　ごめんねって　お辞儀した
まだ先があるんだ
重い荷物を背負って

わたくしたちの　列車

大都市の真ん中だというのに
何故だか人々が近づかない不思議なエリア
夜のバージョンになると
あちこちからやってきた　影のようなひとが
帳《とばり》を少しずらして　スーッと入っていく

そこには　小さな街灯とプラットホーム
そこから　古い列車が一揃い

一応機関車と客車が一両ずつ
何気なく　とまっている

狭い待合室の薄暗がりには
小学生らしい男の子と母親がひっそりと沈んでいる
一人娘の高校生が怪しいネオンの街に溶け込んでしまったと
痩せぎすの女が　ソファーで声高に喋っている
窓際では若い夫婦が障がい児らしい子供を抱えて
暗くなった山の方をぼんやりと眺めている

「キップを拝見いたします」　若い男が微笑で現れる
みんなが一斉に　ぎっしり書き込んだB5くらいの紙を出す
「わかりました。1号車から順番にゆっくりとお乗り下さい」
列車の窓のカーテンが閉まる

「乗車完了。出発進行」

音もなく列車が闇夜の中に消えていく

だが一時間ほど経つと　元の場所に静かに止まっている
何処をどう通ってきたのか　だーれも知らない
なんにも心配しない　そんなものだと思っている

さっきの小学生は　しっかりと母の手に縋って降りてくる
「いい感じ」 誰かが呟く
「すべて私だったのね　やっぱり　少し遅いけどやり直しだわ」
痩せぎすの女は爽やかに手を振って消えていく
若い夫婦は何度も何度もお辞儀して　子供をしっかり抱いていく
「障がい児を大事にする時代がきますから」 声が追いかける
みんな少しずつ魔法みたいなものをかけられたのかな

「今日は終わりです。ご苦労さん。またあしたね」
列車長が張りのある声で言った
「有難うございました」みんなが声を揃えた
「じゃあ　押します」中年の男が変なスイッチに触った
忽ち　列車も街灯も乗組員もみんな消えて見えなくなった
これが　わたくしたちの　列車です

ここに現れてくる乗組員たちは
誰かに命じられたり　選ばれたりしたのではなく
富とか名誉はもちろん評判なんて気にしない
そんな奇妙なひとたちだったから
でもまあ　ひとを幸せにできそうな魔法を
それぞれに修得したから

とにかく毎夜が嬉しくって楽しくて
わたくしたちの　列車です

しばらくすると　あちこちから
そんな列車を創りたいと申込みが殺到して
ありとあらゆる時間と費用を何とかして
地図にもないようなところまで
駆け回ったのだった
変なボタンをパッと押すとみんなの列車が
空中線路でスーッと繋がり
歓声を上げることもあったが
そう　時間　時代……　そういう宇宙の約束に従って
ひとり　また　ひとりと　列車を降りて行った
夕闇の薄ぼんやりした意識の中で

ああ　あれは　ひとを導いたり助けたりした訳でなく
本当は　自分が救われていたんだと

宇宙は　ぼんやりとした気体で覆われていて
どんなに目を凝らしても
無数に輝いている天体の二つぐらいしか見えない
が
今夜も　きっと
どこかを　ひっそりと　飛んでいるはずです

わたくしたちの　列車

あとがき

一　予知夢

三十二年前の夢分析の話　夢を採集して書いて　ユング派の心理療法家（箱庭療法を指導いただいていた三木アヤ先生）に　夢分析をして頂く　分析が決まって　最初にみた夢を「初夢」という

いつもと同じように　電車は終点に着いた　でも何か変　雰囲気がおかしい　いつもはあかるい改札口がうす暗く閉鎖している　若い駅員がひとりぼーっと立っている　何がおこったんだ　改札口はどうなったんだ　はいこれからはこちらの裏改札になります　取り敢えず出ると　賑やかだったあの街が寂しい通りになっている　猫背でふらふら歩いていると　古い平屋建ての家に着く　二十人ぐらいのひとが集まっていて座談会をしている　一番偉いひとが突然自作の詩を朗読し始めた　みんな拍手している　どういう訳か自分も詩を読みたくなった　勇気を出して立ち上がった　すると場面が変わって隣の薄暗い

狭い部屋にいて参加者が五人ぐらいになっている　自作の詩を朗読した　詩なんか一度も書いたことがないのによくやるなあ　でも結構いい詩だなと思いながら読んだ　少しだけ拍手がきた　改札を出た時の悲しみが消えている　そういう初夢だった　分析の先生は　おお　と声を出された

　それから七年経って定年退職した　体の中が寂しさに襲われた　そのとき突然詩が書きたくなった　荻窪の詩の教室に飛び込んだ　詩の書き方も　教えてくれる先生のことも何にも知らずに　何か書いてきなさいと言われ「定年」という　詩みたいなものを出したら　初めてにしては結構やるわね　と言われ安心した

　精神分析はまだ続いていて　夢がなかなか書けなくなっていた　夢の代わりに詩を書いて持っていった　三木先生はびっくりした顔でみてくださった「定年」「退職旅行」「隠花植物」の三篇だった　今度から詩も持ってらっしゃい　と　七年後に精神分析の終了として　詩集を出版した　三木アヤ先生に序文を書いて頂いた「夢分析でやり残されたことを、とうとう「詩」の形でなさり始めた」と

　詩友たちが開いてくれた会で　ここまで詩を教えて頂いた　高良留美子氏

と　これから指導をして頂く　新井豊美氏との間に花束を持って座って記念写
真を撮った　うれしくてただぼーっとしていた
それから二十年経った　四年前に三木アヤ先生が九十一歳で天に召された
三年前突然　新井豊美氏が逝かれた　今年こそは詩集が出せるようにと毎年励
まして頂いていたのに前に進めなかったんだ　一昨年　六十年一緒にいた妻が
亡くなった　そしてそれから　やっと今教えを受けている　高貝弘也氏　と
詩友たちの励ましで　詩集が生まれそうになっている
あの夢から三十三年が経とうとしているのに　あの夢の場面は今でも鮮明に
覚えている

二　新井豊美氏を偲んで

平成八年詩の教室の講師が新井豊美氏になるとそこは現代詩の教室になっ
た　新井氏の指導を受けていた若い方々がたくさんいらっしゃるようになった
日本現代詩人の作品を鑑賞し評論した後　それぞれがプリントしてきた詩を朗
読し　みんなで批評しあう　結構緊張していた　提出した作品には　丁寧に手
書きのコメントがびっしり書き込まれ　次回に手渡された　それはとても楽し

みだった　教室での勉強の仕方も工夫されていた　みんなで順番に詩を書いていってひとつの詩にまとめるとか　ひとりが一個好きなことばを出して　そのことばを出来るだけ沢山使って一篇の詩を書くとか　ことばの持つ不思議な力を感じたことだった　それに　時々「今日はこのテーマで三十分以内に詩を書きましょう」と課題が出ることがあった「ええっ」といいながら私はこれが好きだった　緊張と興奮と集中がたまらなかった　こんなこともあった「今日のテーマは、ヒップです。」私は思わず新井氏の顔を見た　ほんのりと赤くなられていたので　感動した　端正で深い分析力のある知性の方だと思っていたから　もう一つ　今から十二年前　私が七十四才の頃「五月《さつき》晴れ」という詩を提出したときのこと　詩の後半「とりとめのない／ひとり旅に出るために／／とりあえず／なにやら　かにやら／だしたり　いれたり／こわしたり　つくったり／している」に傍線が引かれ、「悲しいですね。泣きたくなりました」と書かれていた　新井豊美詩集を読み直すと　情念の地下水が涸れることなく溢れんばかりに流れていて　それが何かのきっかけで現れているのだと何度も読み返したことを覚えている　私のことを気遣い続けてくれた私より七歳年下の新井豊美さんが　こんなに早く逝かれるなんて　そのときは考えもしな

かった　毎年「昔よりずっといい詩になりました　今年は詩集を出しましょうね」と励まして下さったのに

三　三行の詩論

新井氏は　あるとき「詩」について　三行　の文章を書きなさい　と言われた「戦争で　こころ　を殺した　戦後三年ほど　宮沢賢治　に陶酔した同じようなことを書いても　皆　違うから面白い」　新井氏主宰の同人誌「階音」八号に掲載された　見た方々が「こころを殺した」ことをもっと詳しく知りたい　と言った　それは喋れないのですと言い続けてきた

「心理劇《サイコドラマ》」という心理療法が確立されている　十五年程前　学生相談室の研修で私がその主役を演じることになった「今までの人生の中で　一番光り輝いたときを思い出してください」　講師が言った「そんなときがあったかな　一瞬だけでいいですか　それからあとは闇の時間で」　と言うと　五十人ほどの受講生がどっと笑った

「昭和十九年の四月　旧制中学の四年になると　学校は休みになり　化学工場の寮にはいって三交代制で　ロケット弾の発射薬をつくっていました　日本は

もう危ないと肌では感じてましたが　まあそのうちにどうにかなるだろう　神国日本だから　と思い込み　自分は科学者になって国のために頑張ろうと勉強していました　でも急に受験先を変えました　受験したい学校に入学している先輩からいつも励ましていただいていたのですが　あるとき何科に行きたいのかと　聞かれ　理科甲類（物理化学）です　というと　ああ　利口者かと言われたのです　ショックでした　理科の学生は徴兵延期になると後で聞きました　その先輩は文科系で学徒出陣が決まっていたのです　それに同級生で　軍の関係に行かないやつは国賊だなどと　アジる者がいたりして　どうせ自分みたいなひ弱な者が入れるわけないと思って海軍の学校を受験したのです　七月に学科試験がありました　そのときサイパンが占領されたのです　海軍の機動部隊はどうなっているのかと思ったりしましたが　九月の終り頃　母親が工場に面会にきました　白い紙きれをヒラヒラさせて　海軍省からの電報でした「カイヘイ　ゴウカク」　その瞬間自分が光ったのです　舞い上がった感じでした　次の瞬間ぞーっとしました　あの猛訓練で有名な学校に行かなければならない　だが自分にはとても耐えられない　入校は二十年の四月で三月の終りまでに学校に着くようにとの知らせでしたが　その間に怪我か病気かにならない

かなと思ってみたけれど何にも起こりませんでした　ヤケクソで行きました　思った通りになりました　不適応を実感していました　あたまが真っ白になって毎日の勉強は何もできなくなりました　毎日死にたいと思っていました　落ちた人生はその後も長く長く続きました」

「心理劇《サイコドラマ》」は輝いたときをテーマにして組み立てられた　演じたひとも　みていたひとも　感動しましたと言っていた　そのとき私から何かが落ちていった気がした　けれどやっぱり　あの頃のことは喋りたくない　けど　戦後わたしが障がい児や不登校児やうつ病などのひとたちとの付き合いを始めたりしたのも　戦争中の体験が元になっているかも　それに詩を書き始めたのも関係があるのかも　だから少しだけ

私が入った海軍兵学校は　殴ることは禁じられていたので　自分の分隊では鍛えられてはいたがほとんど殴られたりはしなかったけれど　私は結構へまをしていたのでよその一号（最上級生）にやられた　涙を出したといってはまた殴られた　総計三十発以上は受けたと思う　先輩たちはその何倍も殴られたらしいが　その頃娑婆（一般の社会）は大変だったが　私たち海軍生徒は守られていた　空襲の合間に三泊四日　軍艦出雲で乗艦実習があり最新鋭の〈酒

匂〉という巡洋艦に乗せてもらったりした　また　いろんな海戦で闘って傷つきながら帰ってきた〈利根〉や〈大淀〉という巡洋艦の周りをカッター漕いで回ったりしていた　が　七月の終わりには〈酒匂〉以外はみんなやられた　私が防空壕を出たら　あたり一面真っ赤だった　血で真っ赤になった兵隊たちが大勢横たわっていて向こうにあの素敵な巡洋艦〈利根〉が煙を吐いて半分沈んでいた　夜になると　横倒しになった〈大淀〉から負傷兵が大勢　生徒館の中庭に運び込まれた　一晩中　呻き声や叫び声が流れていた　八月六日朝凄い爆風と轟音と山の向こうに上がった雲に驚かされた　いよいよ自分たちにも終わりがきたなと思った　夕方教官室の当番で掃除にいった　物理の教官たちが押し殺したような声で喋っていた　あれは絶対に　原子爆弾だな　日本もとうとう駄目だな　私だけが聞いていた　誰にも言わなかった　あくる日から原子核の講義が全校で始まった　八月十五日はただ暑かった　天皇の声は何も分からなかった　自習室に帰って私たちは並ばされて訳も分からず殴られて　敗戦を聞いた　ただ暑かった　何にも考えなかった　ただ暑かった　二十一日に　船で郷里の先輩たち四人と共に学校を出発し（広島を避けて）宮島口に降ろされて　無蓋貨車に乗せられて二泊三日かかって（今だと五時間で行け

る）故郷の街に着いた　駅舎とその前の二軒の旅館だけが残っていてあと街中焼け野が原だった　立ち尽くした　旅館に泊めてもらって二日間家族を探した　半焼けになった農家の庭先で　ふらっと出てきた母に会った　只今帰りました　と敬礼したが　母は　ぼーっと立っていた　お土産のお米を途中で盗まれましたと言ったら　お前は本当にしようがないねえ　久しぶりの母の声だった　お米を貰いに行ってた訳じゃないですと言おうとしたら　痩せたね　と母が言ったのでぐっときた　それから二か月程何にもできない日が続いた　食べ物が少なくてただごろごろしていた
心を殺した訳は　今でもわからない　ただ　随分長い間　訳のわからない社会不適応が続いたのも何故だかわからない

おわりに

漸く前へ進むことができました。新井豊美氏の長年の厚情に少しでも報われればと。

高貝氏の教室で書いた「旅の季節」の四篇の詩と「陽だまり」と「薄日」「落日」以外は新井氏のもとで何とか生まれた作品です。「北斗星四号」と「わ

たくしたちの　列車」は二十年程前に書いた詩を今回書きなおした作品で、「四月」が新井氏から最後に指導を受けた詩です。文字や文章を書くのが苦手の私が、毎月一篇以上の詩を二十数年も書き続けてこれたのは触れ合った方々の力に依ることはあきらかです。ただただ感謝です。つたない私の詩を保存して頂いたり、意見をたくさん下さったりしたサトウサダオさん他多くの詩友の方々　有難うございました。

詩集の編集に力をいただいている高貝弘也氏、思潮社の藤井一乃さん、詩友の尾関忍さん、本当に有難うございます。

高平よしあき

一九二八年宮崎県延岡市生まれ
障がい児の治療教育を四十年、その後、カウンセラーとして心理相談に従事。
日本心理臨床学会名誉会員
詩集『奇妙な果実』土曜美術社出版販売、一九九五年

わたくしたちの　列車《れっしゃ》

著者
高平《たかひら》よしあき

発行者
小田久郎

発行所
株式会社思潮社
〒一六二―〇八四二　東京都新宿区市谷砂土原町三―十五
電話〇三（三二六七）八一五三（営業）・八一四一（編集）

印刷
三報社印刷株式会社

製本
小高製本工業株式会社

発行日
二〇一六年一月二十日